LEKTÜRE HILFE

Die Prinzessin von Kleve

Madame de La-fayette

Die Prinzessin von Kleve

Madame de Lafayette

Verfasst von Fabienne Gheysens
Übersetzt von Gerda Fischer

DER QUERLESER

Auf derQuerleser.de findest Du:
Zahlreiche verständliche und detaillierte Lektürehilfen in Nullkommanichts in digitaler Version oder als Taschenbuch.

MADAME DE LA FAYETTE

FRANZÖSISCHE SCHRIFTSTELLERIN

- **Geboren 1634 in Paris**
- **Gestorben 1693 in derselben Stadt**
- **Einige ihrer Werke:**
    - *Die Prinzessin von Montpensier* (1662), Roman
    - *Zayde* (1669-1671), Roman
    - *La Princesse de Clèves* (1678), Roman

Marie-Magdeleine Pioche de la Vergne, genannt Comtesse de la Fayette, wurde am 18. März 1634 geboren und starb am 25. Mai 1693 in Paris an einer Herzkrankheit. Sie ist die Tochter eines Edelmanns aus niederem Adel. Ihr Vater starb 1649 und ihre Mutter heiratete erneut, und zwar einen Mann namens Renaud de Sévigné, den Onkel der Marquise de Sévigné (französische Schriftstellerin, 1626-1696). Marie Magdeleine freundet sich mit dieser an und wird von ihr eingeladen, die höfische Gesellschaft und die literarischen Salons der damaligen Zeit zu besuchen. Dort lernte sie Jean-François Motier, Comte de la Fayette, kennen und heiratete ihn. Es war keine Liebesheirat und so ging dem Paar die Luft aus, und der Graf de la Fayette beschloss, sich aufs Land zurückzuziehen und seine Frau in Paris zurückzulassen.

In den literarischen Salons lernt die Gräfin La Rochefoucauld (französischer Schriftsteller, 1613-1680) kennen, mit dem sie eine enge und lange Freundschaft verbindet. Durch diese Beziehung taucht sie in die Welt der Gelehrten ein. Von da an wurden Racine (1639-1699), Corneille (1606-1684) und viele andere Autoren zu den Schriftstellern, die Marie-Magdeleine las und hörte.

In den Jahren, die sie in dieser gelehrten Gesellschaft verbrachte, verfasste sie zunächst zwei Erzählungen: *La Princesse de Montpensier* (1662) und *Zaïde* (1670), die die literarischen Themen ihrer Zeit perfekt veranschaulichten. Mme de la Fayette suchte jedoch nach Neuerungen und wandte sich mithilfe von La Rochefoucauld einer von Geschichte und Genauigkeit geprägten Schreibweise zu. So schrieb sie *Histoire d'Henriette d'Angleterre*, die Memoiren der britischen Prinzessin Henriette (1644-1660). 1678 veröffentlichte sie *La Princesse de Clèves*: Das Werk, dessen Genre schwer zu definieren ist, da es zwischen einer historischen Novelle und einem analytischen Roman angesiedelt ist, war ein großer Erfolg. Sie ist Teil einer neuen literarischen Schule und der Roman gilt daher als das erste Buch, das der modernen Auffassung des Romans entspricht.

DIE PRINZESSIN VON KLEVE

EIN ROMAN ÜBER LEIDENSCHAFT

- **Genre:** Roman

- **Referenzausgabe:** *La Princesse de Clèves*, Paris, Librairie Générale Française, 1999, 256 S.

- **1ʳᵉ Ausgabe:** 1678

- **Thematisch:** Treue, Dilemma, Ehebruch, Ruf, Leidenschaft

Der Roman, der in Zusammenarbeit mit Segrais (französischer Dichter, 1624-1701) und La Rochefoucauld entstand, wurde 1678 anonym veröffentlicht, da Mᵐᵉ de La Fayette die Zuschreibung ausdrücklich ablehnte, da sie mit ihrem Geschlecht und ihrem Rang unvereinbar war. Dieser Erfolg blieb über die Jahrhunderte hinweg bestehen, und viele hielten das Werk für *den* ersten modernen psychologischen Roman.

La Princesse de Clèves erzählt von dem Konflikt, der die Titelheldin quält, die zwischen der Treue, die sie ihrem Ehemann schuldet, und der zerstörerischen Liebesleidenschaft, die sie gegenüber dem Herzog von Nemours unterdrückt, kämpft.

ZUSAMMENFASSUNG

ERSTER TEIL

Im Jahr 1558 erschien am Hof von Heinrich II. (König von Frankreich, 1519-1559) ein schönes 16-jähriges Mädchen: Mlle de Chartres. Sie ist Vollwaise und wird von ihrer Mutter begleitet, die sie erzogen hat.

Heiratspläne zwischen verschiedenen Mitgliedern des Hofes scheitern aufgrund von Intrigen. Der Prinz von Kleve, der intensiv in Mlle de Chartres verliebt ist, macht ihr einen Antrag. Die junge Frau willigt in diese Vernunftehe ein und wird zur Prinzessin von Kleve. Sie und ihre Mutter gehen davon aus, dass Zärtlichkeit und Zeit die eheliche Liebe zum Blühen bringen werden.

Auf einem Ball des Königs lernt die Prinzessin den Herzog von Nemours kennen. Zwischen ihnen entsteht sofort eine verzehrende Leidenschaft, die jedoch verborgen bleibt.

Während Mme de Chartres im Sterben liegt, erzählt ihr ihre Tochter von ihren Gefühlen für Nemours. Die Mutter flehte ihre Tochter an, diese Leidenschaft aufzugeben, da sie deren Folgen fürchtete. Mme de Clèves beschließt daraufhin, sich auf das Land nach Coulommiers zurückzuziehen.

ZWEITER TEIL

Dort erfuhr Mme de Clèves vom Tod von Mme de Tournon, einer Frau, die sie bewundert hatte. Der Prinz von Kleve erzählte ihr in diesem Zusammenhang eine Anekdote: Einer seiner Freunde, Herr de Sancerre, liebte Mme de Tournon seit zwei Jahren, und sie hatte ihm heimlich versprochen, ihn zu heiraten. Am Tag ihres Todes entdeckte Herr de Sancerre jedoch leidenschaftliche Briefe, die nicht an ihn gerichtet waren; Herr de Tournon hatte Herrn d'Estouville tatsächlich die gleiche Rede gehalten. Herr de Sancerre empfand daraufhin großen Schmerz. Der Prinz von Kleve zog eine allgemeine Schlussfolgerung aus dieser Geschichte: Es sei besser, wenn eine verheiratete Frau eine Neigung woanders zugebe, als sie vor ihrem Ehemann zu verbergen; letzterer wäre nicht böse, weil er nicht die böse Überraschung einer enthüllten Affäre erleben würde. Diese letzten Worte verwirrten die Prinzessin zutiefst.

Der Prinz von Kleve überredet seine Frau, ihm nach Paris zu folgen. Ihr wird klar, dass sie immer noch Gefühle für den Herzog von Nemours hegt. Aus Liebe zu ihr hätte Nemours seinerseits die Hoffnungen auf eine englische Krone aufgegeben. Die Prinzessin von Clèves versucht, ihre Gefühle unter Kontrolle zu bringen, und möchte erneut fliehen.

Eines Tages bemerkt sie, dass Nemours ein Porträt von ihr entwendet. Sie schweigt jedoch, weil sie Angst hat, die Leidenschaft des Herzogs öffentlich zu enthüllen, und weil sie ihn nicht dazu bringen will, seine Liebe zu erklären. Nemours findet jedoch heraus, dass die Prinzessin die Szene beobachtet, ihn aber nicht angezeigt hat. Er kehrt glücklich nach Hause zurück, da er weiß, dass er geliebt wird.

Bei einem Turnier läuft der Herzog Gefahr, sich zu verletzen. Der besorgte Blick von Mme de Clèves ist unmissverständlich. Der Chevalier de Guise, der ebenfalls in die Prinzessin verliebt ist, nimmt dies wahr und erkennt, dass er keine Chance hat, sie zu erobern; er begibt sich auf ein Abenteuer fernab von Frankreich und wird im Ausland sterben.

Eines Tages fängt die Prinzessin den verirrten Brief einer Frau ab, der am Hof kursiert und darauf hindeutet, dass Nemours eine Affäre hat. Mme de Clèves spürt, wie die Eifersucht in ihr aufsteigt.

DRITTER TEIL

In Wirklichkeit war der Brief an den Vidame de Chartres gerichtet, den Onkel der Prinzessin und Vertrauten der Königin. Er riskiert viel, wenn er identifiziert wird: Seine Geliebte würde kompromittiert werden und die Königin würde ihm die Schuld an dem Abenteuer geben. Der Vidame beauftragte daraufhin den Herzog von Nemours mit einer Mission: Er sollte sich als der Empfänger des Briefes ausgeben.

Nemours besucht Mme de Clèves und beweist seinen guten Glauben. Auf diese Weise zerstreut er die Eifersucht der Prinzessin und erhält den Brief zurück.

Nemours leitet ihn an den Vidame weiter, der ihn seiner Geliebten zurückgibt. Die Dauphine fordert den Brief, der die Unruhe gestiftet hat, ebenfalls zurück. Es ist daher notwendig, den Brief aus dem Gedächtnis abzuschreiben. In Gegenwart von Herrn de Clèves schreiben die Prinzessin und der Herzog den Brief auf. Sie erfreuen sich an diesem intimen Moment. Die Nachahmung ist jedoch nicht perfekt und die Königin ahnt, dass es sich um eine Täuschung handelt. Der Vidame verliert dadurch ihre Achtung.

Die Prinzessin ist wieder besorgt über ihre Leidenschaft für den Herzog und reist zurück nach Coulommiers. Ihr Mann wirft ihr vor, dass sie gerne allein ist. Daraufhin gesteht sie ihre Liebe zu einem anderen Mann. Sie behauptet, dass sie sich vom Hof entfernen müsse, um ihres Mannes würdig zu bleiben. Der Mann erkennt zunächst die aufrichtige Loyalität seiner Frau an, kann es aber nicht lassen, sie mit eifersüchtigen Fragen zu bedrängen. Sie verrät ihm jedoch nicht den Namen ihres Liebhabers. Nemours hatte sich versteckt und die Szene beobachtet.

Kurz darauf fordert der König den Prinzen von Kleve auf, nach Paris zurückzukehren. Allein zu Hause bleibt die Prinzessin über sein Geständnis erschrocken, überzeugt sich aber davon, dass sie ihrem Mann treu geblieben ist.

Nemours ist hin- und hergerissen: Er versteht, dass dieses Geständnis alle Hoffnungen auf die Gunst der Prinzessin zunichte macht, aber er freut sich auch, dass er lieben kann und zurückgeliebt wird. Er kann seinen Drang nicht zügeln, die Geschichte seinem Freund, dem Vidame, zu erzählen. Trotz der ausweichenden und unpräzisen Rede des Herzogs versteht der Vidame, dass es sich tatsächlich um seinen Freund handelt. Durch diese Unvorsichtigkeit wird die Geschichte öffentlich bekannt. Der Prinz und die Prinzessin von Clèves beschuldigen einander gegenseitig, ihr Gespräch ausgeplaudert zu haben, da sie nicht wussten, dass Nemours sie belauscht hatte.

Der König stirbt während eines Turniers.

VIERTER TEIL

Der Hofstaat reist nach Reims, um den neuen König zu krönen. Währenddessen bleibt die Prinzessin in Coulommiers. Nemours beobachtet sie nachts, als sie ein Gemälde betrachtet, auf dem er abgebildet ist. Das ermutigt ihn, sich ihr anzuschließen. Als sie glaubt, ihn im Garten zu erkennen, flieht sie in einen anderen Raum des Schlosses. Nemours wartet vergeblich und beschließt, in der nächsten Nacht zurückzukehren. Nemours wurde jedoch von einem Spion verfolgt, der im Sold des Prinzen von Kleve stand. Als der Prinz die Nachricht erfährt, ist er überzeugt, dass seine Frau ihn betrogen hat. Er starb vor Kummer, während er seine Frau mit Vorwürfen überhäufte.

Die Prinzessin ist entsetzt und weigert sich, den Herzog wiederzusehen. Dem Vidame gelingt es schließlich, ein geheimes Treffen zwischen den beiden Liebenden zu arrangieren. Nemours gesteht, dass er die Enthüllung veranlasst hat. Die Prinzessin von Kleve weist den Herzog zurück und reist ab, ohne dass er sie zurückhalten kann. Sie geht ins Exil in den Pyrenäen und tritt in den Orden ein. Sie ist schwer krank und stirbt dort einige Jahre später.

UNTERSUCHUNG DER CHARAKTERE

MME VON CHARTRES

Die Mutter der Heldin, Mme de Chartres, bestimmt die gesamte Handlung. Sie kommt aus der Provinz an den Hof, um einen Ehemann für ihre Tochter zu suchen. Sie verkörpert die moralischen und aristokratischen Werte der vorangegangenen Jahrzehnte: die Einhaltung der ehelichen Pflichten, die Bedeutung des Ansehens etc.

Sie wird von Mlle de Chartres, ihrer Tochter, begleitet, die sie in einem strengen und tugendhaften Umfeld erzogen hat. Sie möchte, dass sie sich von anderen Frauen abhebt und bestimmt daher ihren Lebensweg, indem sie sie zur Agentin ihrer persönlichen Ziele macht.

Unermüdlich verfolgt sie dieses Ziel, dieses Programm, diese Last bis auf das Sterbebett. Nachdem sie das Geständnis ihrer Tochter über ihre Gefühle für Nemours gehört hat, zögert Mme de Chartres nicht, zu emotionaler Erpressung zu greifen: Die kindliche Liebe dient als letzter Schutz gegen die Leidenschaft. So erklärt sie beispielsweise beim letzten Abschied:

> *„Denken Sie daran, was Sie Ihrem Mann schulden; denken Sie daran, was Sie sich selbst schulden, und denken Sie daran, dass Sie den Ruf verlieren werden, den Sie sich erworben haben und den ich Ihnen so sehr gewünscht habe. Haben Sie Kraft und Mut, meine Tochter, ziehen Sie sich vom Hof zurück [...]. Wenn andere Gründe als die der Tugend und Ihrer*

Über den Tod hinaus hängt die Ehre der Mutter vom Verhalten ihrer Tochter ab. Dieser Abschied bestätigt einen ganzen Prozess der Schuldzuweisung. In gewisser Weise decken sich die Mutter und die Autorin: Die Mutter besiegelt das Schicksal ihrer Tochter, genauso wie die Autorin das Schicksal ihrer Heldin festlegt.

DER PRINZ VON KLEVE

Der Prinz von Kleve, der Ehemann der Heldin, bedauert, dass er das Geständnis seiner Frau provoziert hat. Von Eifersucht geplagt, beschuldigt er sie des Ehebruchs.

Sein Tod ist ein Echo auf den Tod von Mme de Chartres. Auch hier folgt der Tod auf das Geständnis, und der Sterbende erklärt, dass er den Tod wegen des Wissens, das er hat, angenehm findet. Feierlich verkündet er:

Die Erlaubnis ist nur scheinbar vorhanden. Tatsächlich würde eine Heirat mit dem Rivalen die Prinzessin von Kleve unwiderruflich in Verruf bringen. Mit diesen Worten forderte der Prinz seine Frau auf, sein Andenken zu wahren. Man kann sich denken, dass sie es sich niemals erlauben würde, sich des Ehemannes unwürdig zu erweisen.

DER HERZOG VON NEMOURS

Auf den ersten Seiten des Romans wird der Herzog von Nemours als einer der bewundernswertesten Männer am Hof bezeichnet. Er wird als der schönste, vornehmste usw. dargestellt. Natürlich würde die Logik des Romans ihn mit der schönsten und vornehmsten aller Frauen, nämlich unserer jungen Heldin, in Verbindung bringen. Doch diese Annahme wird widerlegt: Die beiden treffen sich zwar, aber zu spät, da die Prinzessin bereits einen Ehemann hat.

Nemours ist zwar jung und schön, aber dann entdeckt man seine wahre, durch Konventionen verkleidete Persönlichkeit: Der Herzog erweist sich als Verführer, opportunistisch und zynisch.

DER VIDAME VON CHARTRES

Der Vidame de Chartres, der Onkel der Heldin, wird auf den ersten Seiten mit Nemours verglichen. Beide personifizieren den Hof durch ihre Galanterie. Er ist eine Art Doppelgänger von Nemours, erinnert an dessen Vergangenheit und kündigt die Zukunft an.

Als Onkel und Vertrauter der Prinzessin von Kleve könnte er als eine Art Ersatz für die Vaterfigur angesehen werden.

MLLE DE CHARTRES/LA PRINCESSE DE CLÈVES

Die Prinzessin von Clèves, die Heldin des Romans, ist jedoch nicht Herr ihres eigenen Lebens. Sie unterliegt dem Einfluss der anderen Protagonisten: der Autorität ihrer Mutter, der Sensibilität ihres Mannes, der Verführungskraft von Nemours und der Etikette des Hofes.

Die Prinzessin verinnerlicht die Gebote ihrer Mutter. Sie stellt zwei Tugenden über alle anderen: Aufrichtigkeit als Garant für ihre Mission und die Kontrolle, die sie insbesondere über ihre Gefühle ausübt. Auf der Grundlage dieser Prinzipien gibt sie vor, die Fehler, die ihr drohen, zu sublimieren. Gleichzeitig stellt sie sich unbewusst als Vorbild dar, das es zu bewundern und nachzuahmen gilt. Das führt zu persönlichem Stolz und Hochmut.

In manchen Situationen stehen Aufrichtigkeit und Selbstbeherrschung jedoch in einem tiefen Gegensatz zueinander. Aus Selbstachtung zieht es die Prinzessin vor, ihre Versäumnisse zuzugeben. Jedes Mal, wenn sie spürt, dass ihr Wille schwindet, gesteht sie ihre Fehler. Hält sie die Aufdeckung ihrer Fehler von weiteren ab? Vielleicht hofft sie das. Sie glaubt, dass sie so ihre eigenen Launen zähmen kann. In diesen Inszenierungen vermischen sich weiblicher Heroismus und Narzissmus. Doch die Prinzessin überschätzt ihre Kräfte. Jedes Mal bleibt die Unentschlossenheit bestehen. Jedes Mal wird der Fehler größer.

Nur die Nähe des Todes hält sie von der Leidenschaft ab, die sie umtreibt. Indem sie sich in die Religion flüchtet, gelingt es ihr, das Ideal, das sie sich zu eigen gemacht hat, zu bewahren. Durch den Verzicht auf die Welt löst sie endlich ihre Versprechen ein. Aber zu welchem Preis?

SCHLÜSSEL ZUM LESEN

EINE WARNUNG VOR LEIDENSCHAFT

Mme de La Fayette hält Liebesleidenschaften für fatal: Sie verabscheut die Unruhen, Eifersüchteleien, Unzufriedenheit und den Kummer, die sie mit sich bringen. Im Vergleich dazu seien die Augenblicke des Glücks nur allzu flüchtig. In diesem Sinne nähert sich der Begriff „Leidenschaft" seiner etymologischen Bedeutung: Leiden, Schmerz.

Der herzzerreißenden Leidenschaft stellt die Autorin eine andere, von der Preziosenströmung beeinflusste Sicht der Liebe gegenüber. Sie befürwortet eine solide und wohlwollende Form der Sympathie, eine sentimentale und intellektuelle, freundschaftliche oder sogar platonische Verbundenheit. Diese herzliche und unerschütterliche Verbindung beruhigt das Herz und erweist sich als Quelle der Harmonie. Sie ähnelt der stoischen Ataraxie (Suche nach der Abwesenheit von Unruhe). Es geht darum, die Glut der leidenschaftlichen Unruhen abzuschwächen, um Selbstbeherrschung und emotionale Ausgeglichenheit zu erreichen. Mme de La Fayette selbst experimentierte mit dieser Art, die Liebe zu leben, zuerst mit Gilles Ménage (französischer Schriftsteller, 1613-1692) und dann mit La Rochefoucauld.

👁 KOSTBARKEIT

Es handelt sich um ein französisches literarisches Phänomen, das im 16. Jahrhundert in den mondänen Salons entstand, in denen die Kunst der Konversation gepflegt wurde. Die Preziosität zeichnet sich durch ein Streben nach Raffinesse aus, sowohl in der psychologischen Analyse (insbesondere der Liebe) als auch in der Ausdrucksweise (die Preziosen lehnen die Vulgarität ab und versuchen, sich durch eine reine Sprache zu unterscheiden, doch ihre Sprache ist so affektiert, dass sie unverständlich wird).

In dieser Erzählung pflegt die Heldin eine ideale Vorstellung von der Liebe. Sie ist auf der Suche nach einer aufrichtigen und dauerhaften Liebe, die frei von Eigennutz und Ehrgeiz ist und dem Zahn der Zeit standhält. Sie lehnt Affären als kurzlebig und unrein ab.

Doch seltsamerweise scheint der Prinzessin die Liebe ihres Mannes fremd zu sein, obwohl dessen Sensibilität der ihren ähnelt. Nach und nach verliebt sie sich in den Herzog von Nemours. Diese entfremdende Leidenschaft hemmt ihre Intelligenz: Sie erkennt die Tragweite ihrer Handlungen nicht direkt, gesteht ihre Untreue, hält aber gleichzeitig den Namen des geliebten Mannes beharrlich geheim usw. Als die Heldin schließlich die Indiskretion des Herzogs von Nemours bemerkt, stellt sie mit Bitterkeit ihr Versagen fest:

> *„Ich habe mich geirrt, als ich glaubte, dass es einen Mann gibt, der das, was seiner Ehre schmeichelt, verbergen kann. Doch wegen dieses*

Doch die verschiedenen Geschichten über Leidenschaft, die den Roman durchziehen – obwohl sie für die Handlung keineswegs notwendig sind – sollten die Heldin vor den Risiken der Leidenschaft warnen: übertriebene Vergötterung, Verstellung, Wahnsinn etc. – Vergebliche Warnungen.

Die Prinzessin versteht, dass sich die Liebe in der Ehe abnutzt, weil jeder glaubt, dass der andere für ihn bestimmt ist. Sie versteht auch, dass die Leidenschaft nur so lange anhält, wie der geliebte Mensch (Nemours) ihr entgleitet. Kurz gesagt, sie fühlt sich mittelmäßig, weil sie etwas begehrt hat, was sie nicht haben konnte. Doch trotz allem schwächt nur die Krankheit ihre leidenschaftlichen Gefühle, bis sie schließlich aufgibt:

REFLEKTIERENDE ZEITLUPEN

Während der gesamten Erzählung schwankt die Prinzessin zwischen zwei Haltungen:

- die schlecht kontrollierte Handlung. Ihre Gesten, ihre Worte, ihr Erröten oder ihr Schweigen zeugen von ihrer unorganisierten Leidenschaft. Gegen ihren Willen gibt sie Zeichen ihrer Gefühle;

- die Reflexion. Sie nimmt sich die Zeit, sich zu sammeln, um ihr eigenes Verhalten zu studieren. Bilanzierungen, die von Reue oder Gewissensbissen genährt werden, führen zu Vorsätzen für die Zukunft. Kurz gesagt: Auf ein beunruhigendes Ereignis folgt immer eine rückblickende Analyse.

Darüber hinaus entsprechen diesen beiden Haltungen zwei Räume:

- das öffentliche Leben, repräsentiert durch den Hof (in Paris, in Blois) mit seinen prunkvollen Zeremonien, Intrigen und trügerischen Verführungen;

- Rückzug, der durch die Landschaft, private Räume usw. evoziert wird. Die Flucht vor der Welt ist notwendig, um in Ruhe zu meditieren. Wann immer es nötig ist, zieht sich die Prinzessin in die Einsamkeit zurück.

In dieser in der dritten Person Singular geschriebenen Erzählung kann die Gewissenserforschung drei Formen annehmen:

- die psychologische Beschreibung, in der dargelegt wird, was den Geist der Heldin beschäftigt;

- der berichtete Monolog, bei dem die Rede, die die Prinzessin sich selbst hält, im indirekten Stil dargestellt wird;

- der Monolog im direkten Stil.

Diese reflexiven Zeitlupen veranschaulichen das Bemühen der Prinzessin, in ihrer Verwirrung klar zu sehen. Um dem Chaos der leidenschaftlichen Bewegungen zu entkommen, versucht sie, einen Diskurs zu entfalten, der ihren Geist neu ordnet, ihn strukturiert. Es handelt sich nicht um eine ungeordnete Mischung verwirrender Eindrücke oder eine Logorrhoe flüchtiger Ideen, sondern um einen linearen, klaren und kohärenten Gedankengang, der von der Vernunft erleuchtet wird.

> *„[...] Mme de Clèves ging zu ihr nach Hause und schloss sich in ihrem Kabinett ein.*
>
> *Man kann den Schmerz nicht ausdrücken, den sie empfand, als sie aus den Worten ihrer Mutter erfuhr, dass sie sich für Herrn de Nemours interessierte; sie hatte es noch nicht gewagt, es sich selbst einzugestehen. Sie sah nun, dass die Gefühle, die sie für ihn hatte, die Gefühle waren, die Herr von Kleve so sehr von ihr verlangt hatte; sie fand es schändlich, sie für einen anderen zu haben als für einen Ehemann, der sie verdient hatte. Sie fühlte sich verletzt und beschämt durch die Befürchtung, Herr de Nemours könnte sie als Vorwand für Mme die Dauphine benutzen lassen wollen, und dieser Gedanke bestimmte sie, Mme de Chartres zu erzählen, was sie ihm noch nicht gesagt hatte."* (p. 88-89)

Eine „kornelianische" Wahl

Das Geständnis an den Herzog von Nemours ist genau eine dieser reflexiven Zeitlupen. Das Dilemma zwischen Pflicht und Leidenschaft enthüllt uns den intimen Charakter des Geständnisses. Dieser Monolog wird durch die Länge der Erwiderung von Mme de Clèves im Vergleich zu der von Nemours gekennzeichnet. Darüber hinaus ist er durch lange Sätze gekennzeichnet, die von einer großen Anzahl von Relativierungen begleitet werden:

„Ich habe Ihnen zu viel gesagt, um Ihnen zu verheimlichen, **dass** Sie mich damit bekannt gemacht haben und **dass** ich an dem Abend, **als** die Königin mir diesen Brief von Madame de Thémines gab, **von dem** man sagte, er sei an Sie gerichtet, so grausame Schmerzen erlitt**, dass mir** eine Vorstellung davon geblieben ist, **die** mich glauben lässt, **dass es sich um** das größte aller Übel handelt." (Ende des vierten Teils)

Die Verwendung dieser langen Sätze verdeutlicht, wie langsam die Prinzessin von Clèves denkt. Wir dürfen nicht vergessen, dass sie sich zwischen ihrer Pflicht und ihrer Leidenschaft entscheiden muss. Es zeigt also, dass die Figur, während sie redet, über ihre endgültige Entscheidung nachdenkt. Dieser sich wiederholende Stil ermöglicht es, das Zögern der Figur wahrzunehmen.

Letztendlich durchziehen zahlreiche Reflexionsphasen den Roman, die von einer intensiven persönlichen Entwicklung zeugen. Dies macht La Princesse de Clèves auch zu einem Bildungsroman, einem Genre, das im 18. Jahrhundert in Deutschland entstand und die Entwicklung eines Helden nachzeichnet.

BLICKSPIELE

Im Roman findet die Kommunikation zwischen den Menschen nur indirekt oder sehr spät statt. Dies erklärt auch die verschiedenen Formen des Verbs „sehen", die im gesamten Roman vorkommen.

Spionage- und voyeuristische Szenen

An Orten außerhalb des Hofes spielen sich symmetrische Szenen ab.

Die Protagonisten werden ohne ihr Wissen beobachtet:

- Nemours spioniert die Prinzessin aus dem Schaufenster eines Seidenhändlers aus;

- die Prinzessin findet den schlafenden Nemours in einem Pariser Garten.

Die Spione werden selbst betrachtet:

- einer der Liebenden schaut das Porträt des anderen an, ohne zu wissen, dass genau der, den er bewundert, gerade dabei ist, ihn zu beobachten;

- Die Prinzessin ertappt Nemours dabei, wie er ein Porträt von ihr stiehlt;

- Nemours spioniert der Prinzessin in Coulommiers nach und findet sie beim Anblick eines Gemäldes, das sie sich besorgt hat, erschüttert vor. Das Gemälde zeigt die Belagerung von Metz, auf der auch Nemours zu sehen ist.

Der Blick des Gerichts

Auf dem Ball, der am Hof anlässlich der fürstlichen Verlobung stattfindet, befiehlt der König Mme de Clèves, mit Nemours zu tanzen. Dieser Befehl hat eine symbolische Bedeutung: Indem der König in diesen beiden

Personen ein akzeptables Paar sieht, billigt er eine illegitime Verbindung (S. 71-72).

Außerdem zwingt der Hof durch die von ihm auferlegte Etikette die Figuren, eine Rolle zu spielen und ein Gesicht zu formen, das den Blicken ausgesetzt wird.

Als Vorbild gesehen werden

Schließlich steht die Prinzessin zu ihren Schuldgefühlen und ihrer Mittelmäßigkeit und überwindet sie. Sie findet ihre Selbstachtung wieder und trifft sich ein letztes Mal mit Nemours, weil sie ihn bittet, dem Vidame de Chartres über ihr Gespräch zu berichten. Damit will sie die Bewunderung ihres Onkels wecken und sich selbst als Vorbild darstellen, das er nachahmen soll. Indem sie sich nun als vorbildliche und makellose Ikone anbietet, kann sie die Blicke der anderen besser kontrollieren und sich von der Rolle befreien, die der Hof von ihr verlangte.

Ein Geständnis fernab der Augen des Gerichts

Das Geständnis der Prinzessin an den Herzog von Nemours findet gerade nicht unter den Augen des Hofes statt. Weder am Hof, der durch seine sozialen Codes gekennzeichnet ist, noch bei Mme de Clèves, einem privaten und intimen Ort, treffen sie sich, sondern an einem neutralen Ort, der ihr Verhalten nicht beeinflussen kann. Das Eingeständnis der Gefühle und die Ankündigung der Abreise können so frei, ohne Spannung gegenüber dem Äußeren und auf ehrliche Weise enthüllt werden. Da sich die Figuren an einem Ort außerhalb des

Hofes befinden, verbannt die Prinzessin alle gesellschaftlichen Codes, um sich von ihrer Last zu befreien: „[...] ich werde über alle Zurückhaltung und alle Feinheiten, die ich in einem ersten Gespräch haben sollte, hinweggehen." (p. 230)

Sie nimmt sich die Freiheit, alles abzulegen, was sie in der Gesellschaft davon abhalten könnte, ihre Gefühle zu zeigen. Sie ignoriert nun den Anstand, der das Eingeständnis von Leidenschaft verbietet.

DER RÜCKZUG DER PRINZESSIN VON KLEVE – EIN SCHICKSAL?

Eine flüchtige Leidenschaft

Dieses Geständnis dient auch als soziales Argument, um sich selbst davon zu überzeugen, dass die einzige Möglichkeit, der Situation, in der sie sich befindet, zu entfliehen, darin besteht, sich vom Hof zurückzuziehen. Daher befürchtet die Prinzessin von Kleve, dass sich die unerwarteten Gefühle des Duc de Nemours mit der Zeit und beim Anblick anderer Frauen verflüchtigen könnten: „Aber bewahren Männer in diesen ewigen Verpflichtungen Leidenschaft? Soll ich auf ein Wunder zu meinen Gunsten hoffen [...]?" (Ende des vierten Teils)

Mit dieser rhetorischen Frage gibt die Prinzessin von Kleve Nemours keine Alternative. Er kann diese Behauptungen in der Tat nicht leugnen. Außerdem verdeutlicht der Begriff „Wunder" die Marginalität einer dauerhaften Liebe und das unausweichliche Schicksal verheirateter Frauen.

Diese Angst vor einer flüchtigen Leidenschaft ist das erste Argument, das das Fehlen von Hindernissen für die Liebe zwischen der Prinzessin und Nemours aufwiegt. Mme de Clèves ist sich bewusst, dass nach dem Tod ihres Gatten jedes Hindernis für ihre Liebe in der Gesellschaft und in den Augen von Nemours nicht mehr legitim sein kann:

> *„Ich weiß, dass Sie frei sind, dass ich frei bin und dass die Dinge so liegen, dass die Öffentlichkeit vielleicht keinen Grund hätte, Sie zu tadeln, und ich auch nicht, wenn wir uns für immer aneinander binden würden."*
> *(Ende des vierten Teils)*

Aus der Erkenntnis einer flüchtigen Liebe resultiert auch die Angst vor Untreue. Tatsächlich ist sich die Prinzessin bewusst, dass der Herzog von Nemours ein charmanter Mann ist, der vielen Frauen gefällt: „Rien ne me peut empêcher de connaître que vous sont né avec toutes les dispositions pour la galanterie et toutes les qualités qui sont propres à donner y des succès heureux." (Ende des vierten Teils)

In dieser Gesellschaft sind die Treue und die beständige Liebe, die sich Mme de Clèves wünscht, nicht angebracht. So erhält die Maxime, die die soziale Rechtfertigung der Prinzessin von Kleve beendet, ihre volle Bedeutung: „Man macht einem Liebhaber Vorwürfe; aber macht man einem Ehemann Vorwürfe, wenn man ihm nur vorwerfen muss, keine Liebe mehr zu haben?" Diese Maxime, die durch das Unpersönliche und das allgemeine Präsens der Wahrheit gekennzeichnet ist, verdeutlicht das Schicksal einer verheirateten Frau.

Eifersucht als Bestandteil der Leidenschaft

Dieses ganze soziale Argument wird durch das unvermeidliche Auftreten eines zerstörerischen Gefühls, der Eifersucht, verstärkt. Die Prinzessin fürchtet diese Emotion, die sie daran hindern würde, ihre Leidenschaft zu verbergen.

> *„Ich hätte tödliche Schmerzen und wäre nicht einmal sicher, dass ich nicht das Unglück der Eifersucht erleiden würde. Ich habe Ihnen zu viel erzählt, um Ihnen zu verheimlichen, dass Sie mich damit bekannt gemacht haben und dass ich so grausame Schmerzen erleide [...], dass mir eine Vorstellung davon geblieben ist, die mich glauben lässt, dass es das größte aller Übel ist." (Ende des vierten Teils)*

Die hervorgehobenen Hyperbeln zeigen, dass sie es nicht ertragen kann, betrogen zu werden. Außerdem unterstützen sie die sozialen Gründe, die ihre Verbindung unmöglich machen. Der Superlativ beschreibt die Eifersucht als ein Übel, das jedem anderen Leiden überlegen ist und gegen das man nie ankämpfen kann. Der hyperbolische Ausdruck bringt somit die Diskrepanz zwischen der Welt des Hofes und den Werten der Prinzessin zum Ausdruck.

„Es gibt wenige, denen Sie nicht gefallen; meine Erfahrung würde mich glauben lassen, dass es keine gibt, denen Sie nicht gefallen können" (Ende des vierten Teils). Durch die Verwendung dieser Untertreibung schwächt der Erzähler die Aussage ab, um sie stärker zu machen. Der Herzog von Nemours könnte einer neuen Leidenschaft, die derjenigen ähnelt, die er für sie empfindet, nicht widerstehen. Folglich überzeugt das soziale Argument den Leser und die Prinzessin von der Notwendigkeit, den Hof zu verlassen, und legitimiert die Feststellung einer unmöglichen Liebe. Die junge Frau tritt somit für moralische Werte ein, die ihr von ihrer Mutter eingetrichtert wurden und die sie bewahren möchte.

Die Pflicht

Selbst wenn sie ihrer Leidenschaft nachgeben würde, würden sie neben den unglücklichen Folgen der ehelichen Verbindung ihre Pflicht und ihr Schuldgefühl ewig verfolgen:

> *„Wenn ich mich an diese Art von Unglück gewöhnen könnte, könnte ich mich dann auch an das Unglück gewöhnen, zu glauben, Monsieur de Clèves würde Sie immer seines Todes beschuldigen; mir vorwerfen, Sie geliebt, Sie geheiratet zu haben [...]" (Ende des vierten Teils)*

Die Verwendung des hypothetischen Konditionals betont, dass selbst wenn es ihr gelänge, Eifersucht und Untreue zu überwinden, die Stärke ihrer Pflicht es ihr nicht erlauben würde, gegen ihre Werte und ihre Tugend zu verstoßen: „Es ist unmöglich", fuhr sie fort, „über so starke Gründe hinwegzugehen: Ich muss in dem Zustand bleiben, in dem ich mich befinde, und in den Vorsätzen, die ich gefasst habe, nie aus diesem Zustand herauszukommen." (Ende des vierten Teils) Das soziale Argument und das persönliche Argument rechtfertigen Mme de Clèves' endgültige Entscheidung, sich vom Hof zurückzuziehen.

EINE TRAGISCHE FIGUR

All dies belegt, dass die Heldin als zur Kategorie der tragischen Figuren gehörend betrachtet werden kann. Zunächst einmal ist das cornelianische Dilemma, in dem sie zwischen Leidenschaft und Pflicht hin- und hergerissen ist, typisch für klassische Tragödien. Diese implizieren, dass Liebe unmöglich ist. Es stimmt, dass die Prinzessin allmählich ihre Leidenschaft für den Herzog von Nemours entdeckt und sich bewusst wird, dass dieses Gefühl unüberwindbar ist. Sie kann ihr Schicksal nicht durch ihren Willen überlisten: „Mein Schicksal hat nicht gewollt, dass ich dieses Glück genießen konnte [...]" (Ende des vierten Teils). Ihre Leidenschaft kann also nicht kontrolliert werden, selbst wenn sie den Willen dazu hat. Mme de Clèves ist dazu prädestiniert, sich aus der Welt zurückzuziehen, in der ihre Werte nicht bewahrt werden können.

Zweitens verleihen die lexikalischen Felder dem Ende des Buches eine tragische Dimension. Das Unglück ist für die Dynamik der Passage von entscheidender Bedeutung und lässt den Leser das Schicksal der Hauptfigur erahnen. Der Begriff „Unglück" taucht häufig auf, ebenso wie die Begriffe „Schmerz" und „Leiden", die zu dieser tragischen Kraft beitragen. In der klassischen Tragödie sind Liebe und Leidenschaft miteinander verbunden. Leidenschaft ist jedoch auch mit Unglück verbunden, und wenn Mme de Clèves ihren Leidenschaften nachgeben würde, wäre sie unglücklich.

DENKANSTÖSSE

EINIGE FRAGEN, UM IHRE ÜBERLEGUNGEN ZU VERTIEFEN

- Die Geschichte präsentiert sich als historischer Bericht aus der Zeit Heinrichs II. Welche Vorteile hat der Roman dadurch?

- Warum enthüllt das Schweigen der Prinzessin von Kleve beim Diebstahl ihres Porträts ihre Gefühle für den Herzog von Nemours?

- Welche Gemeinsamkeiten haben der Wohnsitz in Coulommiers und der Rückzugsort in den Pyrenäen?

- „Wenn Sie an diesem Ort nach dem äußeren Anschein urteilen", antwortete Mme de Chartres, „werden Sie oft getäuscht: Was aussieht, ist fast nie die Wahrheit." (p. 75) Nennen Sie einige Momente der Handlung, in denen der Schein die Wirklichkeit verdeckt.

- Auf welche Weise erhellt die Anekdote über Mme de Tournon die Haupthandlung?

- Welche Verbindungen lassen sich zwischen dem Abenteuer des Vidame, das durch den verlorenen Brief erzählt wird, und dem Abenteuer der Prinzessin von Kleve (S. 129-132) herstellen?

- Welche Funktion haben reflexive Zeitlupen?

- Warum sagt man, dass *La Princesse de Clèves* vor allem „eine Meditation über die Liebe" ist?

- Welche Unterschiede lassen sich zwischen dem Inhalt von «*La Princesse de Clèves*» und der mittelalterlichen Vision der höfischen Liebe feststellen?

- Welche Ähnlichkeiten könnte man zwischen der Handlung von *La Princesse de Clèves* und der Handlung von Rousseaus *La Nouvelle Héloïse* feststellen?

- Inwiefern unterscheidet sich unsere Erzählung von Flauberts *Madame Bovary* und Stendhals *Le Rouge et le Noir*?

WEITERFÜHRENDE INFORMATIONEN

REFERENZAUSGABE

La Fayette Madame de, *La Princesse de Clèves*, Paris, Librairie Générale Française, 1999.

REFERENZSTUDIEN

Beaumarchais J.-P. de und Couty D., *Dictionnaire des grandes œuvres de la littérature française (Wörterbuch der großen Werke der französischen Literatur)*, Paris, Larousse-VUEF, 2001, S. 1014-1018.

Benac H., *Guide des idées littéraires*, Paris, Hachette, 1988.

Biet C., *La tragédie*, Paris, Armand Colin, 1997.

Dantzig C., *Dictionnaire égoïste de la littérature française*, Paris, Grasset, 2005, S. 823-825.

Duchêne R., « Madame de La Fayette », in Polet J.-C. (Hrsg.), *Patrimoine littéraire européen. Avènement de l'équilibre européen (1616-1720)*, Brüssel, De Boeck, 1996, S. 731-737.

Niederst A., La Princesse de Clèves: *le roman paradoxal*, Paris, Librairie Larousse, 1973.

Rousset J., *Formes et significations: essais sur les structures littéraires de Corneille à Claudel*, Paris, Librairie José Corti, 1982.

Deine Meinung ist uns wichtig!
Hinterlasse doch einen Kommentar auf der Seite
unserer Online-Buchhandlung
nd teile Deine Favoriten in den sozialen Netzwerken!

derQuerleser.de

Literatur auf den Punkt gebracht!

www.derQuerleser.de

ISBN digitale Ausgabe: 9782808686792
ISBN gedruckte Ausgabe: 9782808698191
Pflichtexemplar: D/2023/12603/1099

Cover: © Plurilingua
Logo: © Graphicrepublic (Freepik.com) und Plurilingua

Digitale Aufbereitung: Primento, der digitale Partner der Herausgeber.